麦口

韩明智 著

国家图书馆出版社

图书在版编目(CIP)数据

麦口/韩明智著. -- 北京:国家图书馆出

版社, 2025.5. -- ISBN 978-7-5013-8212-5

Ⅰ. Ⅰ227

中国国家版本馆CIP数据核字第20247VP218号

书　　名　麦口
著　　者　韩明智　著
责任编辑　景晶
责任校对　宋丹丹　霍玮

出版发行　国家图书馆出版社（北京市西城区文津街7号 100034）
　　　　　（原书目文献出版社 北京图书馆出版社）
　　　　　010-66114536　63802249　nlcpress@nlc.cn（邮购）
网　　址　http://www.nlcpress.com
经　　销　新华书店
印　　装　北京雅图新世纪印刷科技有限公司
版次印次　2025年5月第1版　2025年5月第1次印刷

开　　本　710×1000　1/16
印　　张　16.5
字　　数　210千字
书　　号　ISBN 978-7-5013-8212-5
定　　价　68.00元

在麦口喊回童年（代序）

　　2023年5月23日至26日，我参加了由河北省作协组织的中国式现代化河北篇章——"这么近，那么美，周末到河北"主题采风活动，活动地点是邢台。其间，有幸结识了邢台市政协副主席韩明智先生。他爱写诗，是当地领导干部里很少见的中国诗歌学会会员、中国自然资源作家协会会员、河北省作家协会会员。他创作刻苦，为人诚恳，我们一见如故，交流起来和洽投机，颇有相识恨晚之感。

　　明智先生写诗，还有小小说、杂文等始于1985年，最初在当地的《邢台晨报》《邢台日报》发表，后来由于工作繁忙，逐渐搁置起来，一旦来了灵感，即抽空创作几首，并不急于发表，而是悄悄地保存起来。直到他辗转多个岗位，调任邢台市政协副主席之后，用他自己的话说，"把文学创作又捡了起来"。他有着深厚的文学基础，诗歌创作犹如神助，很短时间内创作出了大量的诗歌作品，陆续在《中国艺术报》《绿风》《诗选刊》《解放军报》等知名报刊发表。2023年11月，他的第一部诗集《点亮的岁月》由国家图书馆出版社正式出版，在省内外有较大影响。中国作协军事文学委员会副主任、第八届鲁迅文学奖获得者刘笑伟，河北省音乐文学学会副会长、著名诗人古柳，河北省作协理事、《散文百家》主编、邢台市作协主席高玉昆等为诗集撰写评论。其中刘笑伟的评论文章还在《中国艺术报》发表。

时隔不到半载，转眼已至甲辰大暑。韩明智先生的又一部诗集《麦口》的书稿快递到了我的面前。我惊喜地翻阅着、欣赏着，诗行间流淌出的真情，四溢弥漫，感触深笃。这么短时间内，韩明智先生第二部诗集已经完稿，真乃可喜可贺，敬佩之至！

在他的诗集中，我的思想随着他的诗行翱翔于蓝天白云之中，时而飞至乡野的麦田和农舍，时而遨游于大山里的沟壑山涧，聆听飞瀑鸣蝉，万物有声。时而又徘徊停驻于童年少时，与父母欢歌对谈，与乡亲围炉煮酒话桑麻，聊侃家常夜话。

韩明智在诗歌《喊回自己的童年》里写道：

对着空旷的山涧/扯着青筋的嗓子猛喊/喂　喂　喂/你　在哪　里/大山很是默契/任呼喊声七拐八绕/又返回耳朵　冲击耳膜/喊着喊着/喊回了自己童年

童年的回音壁/有母亲撕心裂肺的呼喊/有一次走丢了我/母亲/喊得地动山摇

此诗中，我看到了一位梦回少年的游子的身影，对着故乡大山深处的回音壁大声呼喊着，呼喊着自己的童年往事和无限乐趣，是那样的牵魂动人。可就在自己走失的时候，母亲的声音，却是指南针和导航塔，那撕心裂肺、地动山摇般的呼唤，惊魄感人。伟大的母爱值得我们铭记一生。诗中朴实无华的语言和回忆式的讲述，却饱含着惊心动魄的艺术张力。

韩明智在诗歌《麦口》里这样写道：

夏风钻过麦口/热火朝天/一浪高过一浪/金色的麦粒/饱腾腾烁烁其光

脚步／绕着麦田／把丰收丈量／麦口／紧贴着镰刀的锋刃／嚯嚯
作响

麦口／一切都／短而急

端碗放碗／心情急过风雨／颗粒急着归仓／一截短短的麦穗／让时
光／弥漫麦香

　　我们河北一带农村，流传谚语"争秋夺夏"，麦田丰收的档口，即
为"麦口"。即将收割的麦子是一家人盼望的口粮，最怕的就是刮风
下雨，老乡们恨不得眨眼工夫就将全部麦子收回家中的粮仓。诗人写
尽了乡亲们在麦口来时的欢乐、期盼、忧虑、希望，甚至那即将出炉
的新馒头的麦香味，都已在脑海里弥漫。最终把丰收装进了仓廪，实
现了脚步丈量出的产量。镰刀的嚯嚯响声变成了家家户户的笑声。

　　明智先生以《麦口》为书名，可谓匠心独具。这首诗可谓整本诗集
的眼和魂。

　　有麦口，农民乡亲就有沉甸甸的收获。有麦口，明智先生就能喊回
童年，就能收获更多的诗和远方。

关仁山

2025年3月30日

目　录

麦口

第二辑　踩出的春意

麦
口

第三辑 走过的足迹

麦
口

第 一 辑

喊回的童年

小名

给孩子起小名
是"胡叫乱成"的乡俗
是望子成龙的期盼
是父母给孩子
爱意满满的标签

"狗蛋"
是我的小名
据说我出生时
大黄狗汪汪直叫

小名喊多了
自己听自己的大名
也像在喊别人
"狗蛋"
是最亲切最入耳
最深入骨髓的乡音

在"狗蛋"的叫声里成长

麦口

用老人和玩伴的话说

我混得算有头有脸

有模有样

渐渐的

不知咋的

亲朋好友

同学发小

都像换了人似的

与我之间架起一座座大山

裂出一道道沟壑

"狗蛋"的喊声越来越少

声音越来越弱

有的人去了再也回不来的远方

有的人近在咫尺

"狗蛋"到了嘴边又咽了回去

有一次偶遇光屁股长大的发小

他欲喊又止

我一把拽住他

让他喊100遍

2023年4月14日

乡音

儿童相见不相识
是因为少小离家老大回
小时候就跟我们一起玩耍
一岁一枯荣的
花花草草
可是似曾相识
但大多叫不上名字

先别埋怨它们
听不懂我们的乡音
我们
几时走进过它们的内心世界

2023年4月17日

草筐

草筐
和我的个头一起长
猪羊
和筐里的青草一起长
童年的味道
在草香味儿汗渍味儿里发酵

而今
已经很难邂逅那些青草
它们已经交给了除草剂
草筐和镰刀
交给了村史馆
我和我们
交给了流水线

2023年4月25日

纽扣

认识纽扣
是从
系错开始的
那种参差
就像满嘴豁牙

母亲说
系好第一粒扣子
第一粒扣子是用心
后面的扣子是用力

大半生时间
我都专注于
确认
第一粒纽扣

2023年5月2日

碾子

碾着日月星辰
碾着清晨黄昏
碾着汗水和收成
也碾着一把辛酸泪
只把奶奶的青春
碾成粉尘

黄土之下
奶奶收住了脚步
而荒草却又启程
绕着坟茔一圈圈枯荣

2023年5月6日

老宅

老宅的铁锁已锈迹斑斑

尘封着发黄的过去

推开吱吱呀呀的木门

像一个步履蹒跚的老人

慢慢转身

荒草长满房顶　屋檐和院子

在摇曳　在讲述

这个家久远的故事

几只鸟雀扑棱棱飞向

一搂粗的椿树枝杈

还荡起一缕尘土

脚脖子深的枯叶沙沙沙沙

好似

笑问客从何处来

爷爷的破草帽　旱烟袋

一盏马灯

挂在北屋的蓝砖外墙

奶奶的纺花车依偎在

墙角旮旯

还能看到当年躬耕纺织的场面

一口老井干枯静默

辘轳和井绳又把我拽回

玩水和泥的童年时光

一座老宅

收藏起一个家的陈年过往

一座老宅

默默注视

代代接续的脚步

2023年5月7日

废弃的农家小院

房檐露出椽子
房顶长满茅草
几只家雀扑棱棱飞起
飘荡起一些过眼云烟

娶媳妇时满园的的欢笑呢
过白事撕心裂肺的痛哭呢
添小孩时春光扑面的喧嚣呢
家长里短的争吵呢

一个农家小院
总该装着喜怒哀乐
总该有
记忆中的烟熏火燎

而岁月匆忙
来不及收拾行囊
一脚跨进城里
把乡愁扔在那无人问津的
犄角旮旯

2023年5月10日

传家宝

军徽　军帽　军装
是我家的传家宝

爷爷的军徽　军帽　军装
曾雄赳赳　气昂昂
跨过鸭绿江
就是弥留之际
还在端详
一个老兵
总愿意把我们一起拉回
炮火连天的难忘岁月
一个老兵
总期盼
把军徽　军帽　军装
作为一辈子念念不忘的
人生徽章

父亲的军徽　军帽　军装
曾穿越那沙漠　戈壁
也曾驻扎于茫茫昆仑
熠熠闪光
枕戈待旦
父亲就是披星戴月的胡杨

像导弹与火箭一样屹立
固守着大漠边疆

我的军徽　军帽　军装
曾翱翔蓝天
叱诧云海
白昼我是千里眼
是驰骋的雄鹰
夜晚我是守护神
睁大眼睛
烁烁其光

儿子的军徽　军帽　军装
正从军校走向航母
蔚蓝海疆也是咱祖国的热土
凝视惊涛骇浪
遥望乌云翻滚
大海只有风平浪静
母亲的睡梦才能那样安详

祖孙四代
心系戎装
爷爷的军徽　军帽　军装
是最最珍贵的传家宝
代代相传
永续光芒

2023年5月19日

小脚姥姥

"姥姥看外甥
坷垃地里撵旋风"
姥姥门上的人
像是在说
不管姥姥对我多么偏爱
都沾不了光

姥姥个子小
还裹着一双小脚
早逝的姥爷
把一家十来口的重担
压给了姥姥
姥姥也过早地弯成了
一张让人心碎的弓

那张弯弓
硬是托起一片沉重的天

一直硬朗的姥姥
85岁那年

突然去了那边

万里迢迢

身在大漠的我

没能看姥姥最后一眼

那天沙尘暴特别大

我泪流满面

狂奔狂呼在沙漠里

特别像坷垃地里的旋风

那旋风

一直刮到现在

2023年5月19日

母亲的珍珠

外婆曾送给母亲一串珍珠

她总是压在箱底

偶尔擦拭

只逢年过节

或家有喜事

才舍得带上老母亲的一片心意

其实

我们兄弟姊妹

也都是母亲的珍珠

几十年的唠叨叮咛

就是在打磨和擦拭我们

逢年过节

家有喜事凑到一起

这串珍珠

才真正在母亲心中闪闪发亮

2023年5月31日

轮椅上的老父亲

黑色的轮椅上

再也站不起来失忆的老父亲

沉重的脚印和车辙

留给

满是小草和野花的乡间小路

一个沉重的背影

五十年前

坐在父亲的肩头

趴在父亲的背上

骑在父亲的腰间

坐在父亲的小推车上

我拿着鞭子

清脆地喊着"驾　嘚　喔　吁"

父亲比马

还听吆喝　还听使唤

跑得还快

其实

父亲就是一匹马

拉着整个家
一路前行

老马不再识途

今天　我的腰
必须低过父亲
以一匹马的虔诚
扛起
父亲眼中的风景

2023年5月31日

老娘说

不是
所有的翅膀都愿意拥有天空
不是
所有的松枝都愿意屹立山顶

老娘
就离不开巴掌大的老家小院
如同燕子南飞归来
离不开
屋檐下一嘴一嘴衔着泥巴
垒砌的小小燕窝

老娘说在城里
眼睛　耳朵　腿脚都不够用
老娘的眼睛
染满了农村的
蓝天白云　烟火熏蒸
老娘的耳朵
灌满了小院的
风声雨声　狗吠鸡鸣

麦
口

老娘的腿脚
踩熟了去往菜园
那绿草间一畦一畦的小路
老娘说
城里的水泥路面
硌得慌
太硬

老娘的理由很多
说一千道一万
其实就如同一棵古树
早已深深地
扎根于这片泥土之中

2023年6月10日

亲娘的话

亲娘打
亲娘骂
亲娘肚里没实话
小时候大人的话灌满耳朵

亲娘
经常牙齿咬得嘎嘣直响
怒目瞪出几句常用的训斥
"甭吃饭了"
"再也甭回家了"
话音落地还没半个时辰
仅有的最好饭菜
还是剩给娃娃
喊破嗓子声音嘶哑
满世界去找
躲在角落
自己不让回家的孩子

亲娘
挂在嘴边的是

"打死你个兔崽子吧"

常常是高高举起雷电轰鸣

轻轻落下风雨交加

巴掌拳头没打哭孩子

却时常打出自己满眼泪花

孩子在多次

"被打死"里长成大树

亲娘却在拳打脚踢中成了枯枝

是谁说

这世界

最虚伪的莫过于

亲娘的话

2023年6月12日

娘也离不开娘

近80年了
时常腰酸腿疼的老娘
还跟土地长在一起

斗大的字不识一筐
老娘却很刻苦
一辈子依着土地
披着星星
戴着月亮
沾着朝霞
浇着夕阳
日复一日地
读啊　写啊
汗水湿透了春夏秋冬
五彩田园才是她得意的篇章

小麦　玉米
谷子　高粱
白菜　萝卜
茄子　南瓜

都是老娘爱不释手的作品
望着它们
亲的像自己的儿子姑娘

其实犁耧锄耙也需要歇息
孩子们的规劝
总是扭不过老娘的倔强

孩子离不开娘啊
娘也离不开娘

2023年6月12日

那一天

那一天
我刚刚关注到80年的岁月
镌刻在
母亲头上的风雨雪霜

那一天
是我顿感羞愧的一天
浑然不在乎自己苍老的母亲
却在用核桃皮般的手指
久久细数我额头上的皱纹
流下心疼的眼泪

那一天
我发现一个秘密
只要和母亲在一起
就能找回童年

2023年6月27日

发表于2024年9月《当代诗选》

梦是反梦

多少次被车撞死

多少次被火烧死

多少次失去亲人

多少次被人杀死

尤其是多少次被人追杀

还跑不动

多少次

哭醒　惊醒

吓醒　喊醒

噩梦像藤蔓缠绕我一生

浑身冷汗浸泡我一路前行

梦是反梦

母亲一次次苦口婆心的解读

是抚慰我伤痛的良药

其实

我多少次尝试

做一次

哪怕就一次

蓝天之上翱翔

荷花淀中采莲

波光闪闪的梦

哪怕它是反梦

哪怕母亲不用解读

哪怕我撒谎说

没有做梦

2023年6月27日

麦口

夏风钻过麦口
热火朝天
一浪高过一浪
金色的麦粒
饱腾腾烁烁其光

脚步
绕着麦田
把丰收丈量
麦口
紧贴着镰刀的锋刃
嚯嚯作响

麦口
一切都
短而急

端碗放碗
心情急过风雨
颗粒急着归仓

一截短短的麦穗
让时光
弥漫麦香

发表于2023年6月30日
《中国艺术报》"九州"副刊"诗苑"

一条长长的花蛇

我怕蛇
母亲说不是
说我3岁的时候
就曾手拿一条小蛇玩耍
像一个无敌英雄

大约9岁的时候
我真看到老家炕头
盘着一条长长的大花蛇
在惊叫中瞬间消失

母亲说我看花了眼
还说蛇是祥物
在她眼中
仿佛
一身冷汗的我和那蛇
都亲如她的儿子

母亲揽我上炕

从此再没遇见

我那兄弟一样的花蛇

2023年7月2日

发小说起父亲

发小说起父亲
眼圈马上泛红
才十几岁父亲丢下他
去了再也回不来的远方

从来不敢让他喝酒
酒若沾唇
整个酒场泪如雨下

每次去看我的父亲
他也眼圈泛红
面对失忆的老父亲
我偶尔端起酒杯
谁料想
大雨滂沱

2023年7月4日

酸枣树说

贫瘠的母亲

顾不上精心哺育

只好散养　放养

我就是这山里的孩子

打小就跑遍那丘陵荒岗

狗不嫌家贫

我总要活出自己的模样

其貌不扬

也是爹娘给的

有些锋芒

也是这儿土生土长

我曾几度

九死一生

还是爹娘和乡亲们的呵护

让我昂扬

其实我

浑身是宝

还浑身是胆

我即使粉身碎骨

也不能忘养育我的爹娘

2023年7月6日

麦
口

桃有毛

想吃桃
桃有毛

想吃杏
杏很酸

对
还有一句
想吃红薯面蛋蛋

小时候父亲母亲勒紧裤腰带
教唱的童谣
用心良苦而生动

儿时
偶尔蠢蠢欲动的奢侈念想
只好望而却步
乖乖地
在红薯　南瓜地里扎下根来

后来

满山遍野的瓜果李桃

早已淹没那首童谣

奢侈的念想

纵情登高放飞

满目所及

一群群大人孩子在绿色中

东挑西捡

2023年7月8日

苦累

苦累是一种吃食
想来　最早吃它的人
定然苦且累
一群群前心贴后心的男女老幼
一双双皮包骨头青筋尽暴的手
薅光了刚刚生出的
树叶和野菜
连同苦涩的眼泪
熬煎煮蒸
充饥果腹

一团团没有一丝油水的苦累
挣扎支撑着
一个又一个羸弱的生命

苦累成为美食
是因为人们吃腻了
太多的美食
在鸡鸭鱼肉
山珍海味面前

苦累引领出一道素雅的风景

在贫瘠与富足之间
苦累　不经意
就能给你一个牵肠挂肚的铭记

2023年7月10日

麦
口

杀羊

一看到小羊
时常浮现
小时候见过的杀羊场面
屠夫两只手恶狠狠地
揪着两只羊角往桌子上按
小羊知道要上断头台
一边后退
一边磕头求饶
泪流满面
痛哭哀嚎
屠夫还是把它按到桌子上
捆住腿脚
一刀刺破它的喉咙

从此
我不再吃羊肉
一看到羊肉
就看到一把尖刀在刺我的喉咙

2023年7月11日

石榴红（外二首）

石榴红

翠绿的榴叶
擎起
一团团燃烧的火苗
几棵石榴
绽开满树榴花
燃热了眼睛
燃红了庭院
也燃起了这躁动的五月

只为来时晚
花开不及春
一抹火辣辣的石榴红
拥抱盛夏

柿子

小时候
满树红澄澄的柿子

总是与父母和孩子们的胃口

拴在一起

青柿子去涩揽熟

烘柿子松软入口

串柿饼　晒柿干

炒柿子面

柿子无论怎么变换花样

只为撑起一个山村的

肚子和日子

这些年

柿子更多是领着

鸟儿进村

目送年轻人出村

欢迎山外人游村

一树吉祥的红灯笼

为小山村代言

太行春雨

只有

大家名家

才敢如此挥毫泼墨

巍巍崇山

峭壁悬崖

云松翠柏

飞瀑溪流

麦口

山村人家

还有那鸟鸣声声

河鸭嬉戏

都被你悉心涂抹

尽情渲染

春雨

是太行山巧夺天工的丹青高手

只有

大家名家

才敢如此浪漫而又现实

纵情李白的豪放

云青青兮欲雨

水澹澹兮生烟

恰似白居易的老妪能解

春风吹又生

鹅黄柳绿

吐露腼腆的心扉

这春雨与满眼萌萌青色

携手联袂

也就两个时辰

便呈出一卷

朦胧　灵秀

恢宏　盎然的

壮美诗篇

发表于2023年7月11日《邢台日报》副刊"百泉诗行"

一分钱

60年代
我在马路边
拾到一分钱
也交到警察叔叔手里
当年那微笑的点头
让我和好多同学的头
知道为什么昂扬

后来
大街上很少看到那样
动人的画面
几分钱
几毛钱
一块钱
也时常被急急匆匆的脚步
踩了又踩
而他们的头
从脚下就开始昂扬

2023年7月11日

卖红水萝卜的老人

一个清冷的早晨
一个菜市场入口
一辆破手推车
仅剩的一捆鲜红的水萝卜
一位弯弓一样
70多岁的老人
还有
一声声吆喝
粗糙而干涩

"4块5，最后一捆了"
"让我扫码，您赶紧回家"
老人苦涩一笑
"最好给我现钱，那是儿媳的微信码"

5元钱
让我和老人
榆树皮一样的手握到了一起
粗糙而干涩的老茧
硌疼了我的心

此后
我时常备一些零钱出门
再也不愿意
回到那个清冷的早晨

2023年7月21日

游戏

我特别喜欢
舞枪弄棍
骑马挥鞭

小时候
水枪也是枪
木马也是马
纵横驰骋
有一个小小的大王
骑在爸爸背上

玩着玩着啊
刀枪入库
马放南山
总觉得
儿时的游戏
好玩还更好笑

再后来啊

我越来越
玩不成
小时候爸爸背上的游戏

而成人的游戏
如影随形
比刀和枪
更让人琢磨不定

2023年7月23日

白发

这是时光和我的约定
白发至少在证明
我们都没有爽约

鬓角　额头
我闭目　就能看到
岁月一溜小跑
在我头顶之上
信马由缰

那一天早晨
睁眼正是大雪纷飞
我细数着
枕边的几根白发
内心的寒风
突然呼啸
我在白发和白雪里
跋涉迷途

好在寒冷让人清醒

我把白发看成一把尺子

除了丈量

不赋予它任何意义

2023年8月4日

把书刻在心中

小时候

怕书被丢或被偷

一本书至少要刻上三遍自己的名字

一在封面

二在扉页

三在一本书合起来的中缝

遇见一本好书

便如饥似渴

一口气读完

像三伏天嗓子冒烟

汗流浃背

一口气灌一瓢凉水

后来

不少人

懒得在书上刻自己的名字

不怕书丢

更不怕被偷

其实

书上刻不刻名字已无所谓

关键是否把书

时常刻在心中

2023年8月11日

那盏孤灯

那盏孤灯
夜夜熏黑我的
鼻孔　眉毛　额头
嗞嗞燃烧的灯芯透过灯罩
分洒给
课本　作业本　圆珠笔
一丝微弱的光

好在不用凿壁
那盏煤油灯
把整个童年点亮

后来
那盏孤灯
锈成一个年代的缩影
挂在老屋墙上

多年过去

不管夜色多么深沉

我都能透过那盏孤灯

眺望到黎明

2023年8月17日

孔雀开屏

动物园的

蓝孔雀是个人来疯

我和三周的小外孙

越是鼓掌夸赞

屏开得越展

越心花怒放

五彩缤纷

其实小外孙也是

无论背诵

李白的《梦游天姥吟留别》

还是张若虚的

《春江花月夜》

只要掌声足够热烈

他就是一只灵动的蓝孔雀

把诗屏开得越展

把诗的翅膀绽放得美轮美奂

掌声是我们的诗歌

可以和所有的美好

唱和

2023年9月4日

生日蛋糕

过年

过生日

过家家

孩子们更喜欢仪式感

蛋糕就是生日的仪式

点蜡烛

灭灯

唱生日歌

许愿

吹蜡烛

一片鼓掌欢呼

你一份　　他一份

我一份

分享生日蛋糕的一刹那

就像捧着

一个刚刚诞生的婴儿

2023年9月16日

糖块儿

小时候
吃块儿糖
甜得像过年
你得说
那也是母亲勒紧裤腰带的奢侈

现在
自己不敢吃糖
更不敢让老母亲吃糖了

偶尔
母亲看见糖块儿
眼睛一亮
总感觉像看见小时候的我们
手赶紧伸出去
马上又缩了回来
糖块儿啊
两代人甜甜的纠结

2023年9月23日

广场夜色（外二首）

广场夜色

月光

星光

灯光

相互交织

洒满了广场

也洒满了

花红柳绿的衣裳

七彩斑斓

激情绚动

绚成了广场舞

绚成了健身操

绚成了民族风

绚动

汇聚成男女老少

沸腾的海洋
总有曲终人散
浪潮悄悄退去

一朵朵浪花回归了平静
其实又再酝酿
另一波的汹涌澎湃

晚秋海棠

捧红满树的海棠果
落叶有一丝伤悲
几滴秋雨
几滴眼泪
阐释着秋的悲喜

闺女出嫁
出门上车的一刹那
我和老伴
依偎成院子里的
晚秋海棠

一株高粱

一株高粱
能醉倒自己
也能醉倒一片农民

麦
口

我醉倒过
我是农民的孩子
我真想变成一株高粱
还原我
田野的纯真

发表于2023年9月29日《邢台日报》副刊"百泉诗行"

灯笼鬼

几只萤火
小时候曾飘在我眼前
说是灯笼鬼
或者叫鬼火
吓得我浑身哆嗦

母亲说
吐口唾沫
别理它

后来
我真没理它
当然
也见过
好像也没见过

麦
口

我大步流星
走到知天命之年了
再也
没怕过鬼火

2023年9月30日

我的老父亲

背80多岁的
老父亲走出重症监护室
心里悬着的那块巨石
总算落地

皮包骨头
瘦骨嶙峋的老父亲趴在我背上
薄如一片发黄的纸
也像一个可怜无助的孩子

童年　少年　青年
到他病倒之前的场景里
老父亲
一直背着我们几个兄妹
也驮着这个沉重的家
像一头汗水湿透全身的老牛

我知道
是我们压垮了他的身体

而老父亲却用自己的脊梁

挺起这个家的脊梁

2023年10月9日

麦
口

数星星

童年的夜晚
每年总有几十天
铺着房顶
盖着星空
像一幕幕遥远而又近在咫尺的童话

数星星
听奶奶讲故事
是最渴望最甜美的宵夜

奶奶说
地上死个人
天上多颗星

小时候的记忆
根扎得最深
穿透力极强

直到现在

麦
口

遥望星空
那么多熟悉的故事
依然闪烁
那么多面孔似曾相识

2023年10月9日

垒积木

每一根积木
上下左右　位置更替
外孙的想法五颜六色
摇摇欲坠的城堡
微缩的皇宫

我用半个世纪的积累
加盟其中　东倒西歪的积木
顿时虎虎生风

突然放弃游戏的外孙
小嘴一哼　说　城堡的上面
太阳应当抱住整个白云与天空

2023年10月10日

发表于2024年第10期《四川作家》

发卡

山里长大的母亲
最懂花的语言
不是城里花店的那种
那样的语言太过精致

母亲说
要想让花的语言鲜亮
就必须让花儿在高处
于是
母亲有了第一个发卡

母亲的发卡
妹妹也喜欢
一朵花儿经过母亲的手
别在鬓间
就能省略
无数贴心的叮嘱
多年以来
母亲和妹妹
习惯了在这样的花语中交流

甚至我觉得

有时候妹妹是依靠

这样的语言

让自己回望家乡

今年春天

在家乡的山坡上

母亲和妹妹同时提到

那样的发卡

还告诉我

那样的花语

他们知道我从小就懂得

2023年10月11日

过山车

东边日出西边雨

过山车　移步换景

这边

蒙蒙细雨飘过头顶

那边

已露出一道彩虹

小孩子又哭又笑

时哭时笑的脸

也是风景

忽明忽暗

可是穿越了时空

深一脚浅一脚

可是泥泞正被踏平

孤独山路

可有雨雪交加

那一把伞

是谁的爱在支撑

过山车

可不是擦肩而过

那或许就是

人的一生

2023年10月26日

村口的小路

顺着村口小路

闭着眼睛也能到家

黑泥白水花花道

是老人踩出的门道

这小时候就扎根心里的念叨

是夜晚

引领我的灯笼

村口的小路

一年四季都是炫动的乐器

春天是柳笛

夏天是吉他

秋天是架子鼓

冬天是唢呐

路上的乡亲们都是乐手

家乡的小路

是我的教科书

写满了

我最初的人间繁华

发表于2024年第2期《绿风》诗刊"袅袅炊烟"

麦
口

喊回自己的童年

对着空旷的山涧

扯着青筋的嗓子猛喊

喂　喂　喂

你　在　哪　里

大山很是默契

任呼喊声七拐八绕

又返回耳朵　冲击耳膜

喊着喊着

喊回了自己童年

童年的回音壁

有母亲撕心裂肺的呼喊

有一次走丢了我

母亲

喊得地动山摇

发表于2024年第2期《绿风》诗刊"袅袅炊烟"

爷爷的旱烟袋

一尺多长的旱烟袋

撑满了我儿时的记忆

印象中就一直挺在他

粗裂干瘪的嘴上

太阳走了

月亮来了

这个家从早到晚围着旱烟袋

烟雾缭绕

不停地吧嗒吧嗒嘴

急促而暴着青筋的干咳

上气不接下气

一会儿在鞋底上咔哒咔哒

一会儿又把唉声叹气摁进烟锅

从门口到地头

从地头到炕头

这个旱烟袋

就这样一直挺着

好像从没落过

旱烟袋其实也挺着这个家
也挺着他忽明忽暗的一生
直到真的喘不过气来

爷爷离世的那天
大雪下了脚脖子深
陪伴他的坟堆上
寒风拎着大片的雪花
还在猛劲摇晃
一杆旱烟袋一样的幡

发表于2024第2期《绿风》诗刊"袅袅炊烟"

麦
口

鞋底

一双布鞋
走过村里的路
后来
好多双布鞋走过村里的
村外的路
我一直在走
怎么走
踩出的也是桑麻的印迹
怎么走也是走在
母亲的鞋底上面

发表于2024年第7期《诗选刊》

母亲

燕子给北方捎来口信

说春天来了

山花笑了

石榴给亲友捎来口信

说中秋来了

月亮圆了

我给母亲捎来口信

说春节回去

万里之外

我仿佛看到

白发苍苍的母亲

泪如雨下

发表于2025年第1期《绿风》诗刊"袅袅炊烟"

第 二 辑

踩出的春意

与春天同行

露珠点亮小草的眼睛
柳笛拧响春天的和声
牧童挽着风儿的手
与爷爷春耕

桃花腼腆
脸颊羞得绯红
燕子低飞
引领着
百鸟齐鸣

小溪潺潺
叮咚叮咚自言自语
池塘青蛙
尽情吟诵

花红柳绿的孩子
是春天的符号
所有的花鸟草虫
辽阔我的心胸

麦
口

放飞自我
与春天同行

2023年4月14日

初恋谷雨

谷雨是绿色的

谷雨是灵动的

谷雨是芬芳的

谷雨是踏青者翩翩的舞姿

谷雨是耕耘者沾露带水的脚步

谷雨是我的诗与远方

我亲吻谷雨

谷雨是我最靓丽的初恋

2023年4月16日

春夜喜雨

你肯定是和

这嫩柳

这桃花

这青草

这禾苗

还有这淙淙的小溪

约定好的

整整一个夜晚

你为春天的脚步欣喜而泣

你的心声

你的心雨

你这些柔柔的　润润的

春天的泪

染透了这满眼新绿

我独自一人

在这雨夜中徘徊

不穿雨衣

不带伞具

任凭这春雨

从头到脚把我浸润染透

试图

体味一株植物的

欢欣

2023年4月20日

小路的那头

小路的那头
月光陪着一个羞涩的倩影
另一双脚步趟着秋风
去约会馨香的风景

小路的那头
有一双闪烁的星星
月亮转过身去
窥见两个人的星空

2023年4月23日

踩出的春意

翠柳轻拂春的额头

桃花映红春的脸庞

两个黄鹂站在春的肩膀

一溪白鹅高歌

把春天引吭

一河水

被春风吹皱

一叶舟

满载着乡愁

岸边一位挽着裤腿

光着脚丫的少女

嘎吱嘎吱

踩出了浓浓春意

2023年4月23日

雨滴

稀稀疏疏的雨滴
是云的心思
滴落在静静的湖面
泛起一圈一圈的诗意

茫茫人世间
我是你的雨滴
我滴落在你的小溪
你揽我入怀
流淌成一曲爱的交响

2023年4月24日

露珠

我还是喜欢你黎明时的模样
我在你眼里踟蹰
你在我眼里闪亮
太阳你最好慢点出来
你带走我心中的灯
谁抹平我心中的惆怅

2023年5月2日

春天

——我们为"太行泉城 美丽邢台"启程

一

蓝天白云
把自己交给春天的辽远与空旷

杨柳树梢
把春天的腰身婀娜扭晃

娇羞的桃花
浮现在春天绯红的面庞

芬芳的油菜花
挥洒春天金灿灿的篇章

湍流的小溪
激扬春天灵动的诗行

多情的小鸟
衔着五颜六色的春天鸣唱

潮水般的游人也都汇聚在

这春天里

手机　相机

彩笔　画案

忙着收藏这生动美妙的

诗和远方

二

前南峪已启程

富岗山庄也已启程

浓墨重彩

把太行山最绿的地方

浸染得更深更厚

达活泉已启程

狗头泉也已启程

百泉湖畔

又一曲春天的故事

随波荡漾

是在召唤　也是在鞭策

万众一心

让更广阔更喷薄的泉涌

妙不可言

河湖沟渠已启程

山地　丘陵　平原已启程

绿水青山也已启程

家乡水家乡情正在酝酿

愈加唇齿留香的美酒

你动手我动手共同营造

看得见摸得着的浓浓乡愁

奋进中的期盼

定会奏响一曲曲炫美的交响

让邢台人流连忘返

让外地人也流连忘返

陶醉在城市　陶醉在乡村

陶醉在眉宇　陶醉在心头

陶醉在太行泉城　美丽邢台的

大平原

山沟沟

三

农民已启程

田间地头的擘画

只为那个沉甸甸的秋

工人已启程

流水线上的精心作业

只为绿色发展助力加油

企业家已启程

驰骋在"一带一路"的这头和那头

让地球这个大球变成小球

商人已启程
互联网和物联网
一线飞驾南北
畅通四海五洲

学生也已启程
课堂和操场的静与动
琅琅书声与攀爬跨越
都在为人生和生于斯长于斯的城市蓄能助跑

所有的孩子们也都已启程
蹦蹦跳跳的脚丫
把春天的鼓点踩得嘎嘣清脆
放飞的风筝
把梦想系在蓝天
斑斓锦绣

各行各业
所有的大人们也都已启程
匆忙的脚步
只为把日子赶得红红火火
哪顾夜明如昼

在筑梦里追寻
在春天里启程
市富县富民更富
山美水美人更美
太行泉城美丽邢台的

崭新画卷

必将

璀璨夺目

光耀神州

发表于2023年5月3日《邢台日报》副刊"百泉诗行"

麦
口

在雨中

我撑着油纸伞
来到当年戴望舒的
那条《雨巷》
雨吧嗒吧嗒地敲打雨伞
也在敲打我的心房

由远及近的脚步匆匆而陌生
让雨巷
悠深且惆怅

油纸伞静静地
静静地等
雨过初霁
不信迎不来丁香一样的姑娘

2023年5月7日

东边日出西边雨

东边日出西边雨
是天意
道是无晴却有晴
是人心

诗人说
好雨知时节
因为诗人也要春华秋实
所以就跟着农人的心思
在春夜为一场春雨
注入情感

更多时候
雨
对时间　地点　人物浑然不觉
河湖　江面
禾苗　树木
花鸟　草虫
也洒落在花折伞上
或者把谁淋成

一只落汤鸡

或者洒落在高楼大厦

茅屋寒舍

在天上人间徘徊

雨就是雨

而人们却在不停地

为每一场雨命名

2023年5月16日

那轮明月

一

人有悲欢离合
却拿
月有阴晴圆缺
说事

说也　无妨
实际上
心中若有那轮明月
无论阴晴
都是圆的

二

月亮走
我也走

其实　我不走
月亮也走

行走中相伴

从未孤独

而我却

时常忘记

还有一轮月亮

默默含情

2023年5月16日

月夜诗行

记不记得我在大漠
的这些夜晚
蘸着月光给你写了多少封信

记不记得我在大漠
的这些夜晚
月亮伴我
从月圆到月缺
从月缺到月圆
诉说了多少
时而消瘦时而丰满的
儿女情长

此刻　我能感觉到
你也在月光下
大漠　故乡
故乡　大漠
月光下的遥望
把思念的诗行缀满星空

2023年5月17日

愿逐月华流照君

偎依
定格在
毕业离校的那个月夜
我对你
四年的心语
都随那一江春水倾泻

那夜
难忘而深沉
江边的苇草
也难支撑你太重的心事
是那枚弯月领着你
悄悄转身
转身就是十年

我在你捎来的纪念册里
徘徊
追随一行
愿逐月华流照君
走进你的流年

麦
口

我看到
你以柔弱身躯
扛起一个
步履蹒跚的家
我看到
你负重前行
送走父亲
侍奉母亲
陪伴一个痴呆的弟弟
我看到
那时的弯月
依然没有变圆

我还看到
落花人独立
一只
昂扬孤雁
从不哀鸣

2023年5月23日

走了太阳还有月亮

一轮太阳

一弯月亮

一瓶烈酒

三包香烟

24小时的陪伴

只怕我有个三长两短

蟋蟀唧唧

小鸟啁啾

是安抚　是同情

也是在掏心掏肺

一肚子知心话随烟雾缭绕

袒露心声

只因她悄悄转身

带走我那片云彩

心的天空瞬间阴霾密布

走就走呗

要说也是

走了太阳

还有月亮

心若晴空万里

静等玫瑰香来

2023年5月28日

我真不是天上的星

我真不是天上的星
我有比星星还亮的心境
其实
我就是一条匆忙的小溪
与鹅卵石默默相拥
把每一缕光明闪烁成星星

我真不是天上的星
我有比星星还迷人的梦幻
其实
我就是一只飞来飞去的萤火虫
你妆点着我的心
我亲吻着你的梦

我还真不是天上的星
我有比星星还水汪汪的眼眸
其实
我就是
一颗嫩黄小草上的露珠

枕着你的名字入眠

你

轻扣黎明

再悄悄地送我一程

2023年5月31日

走进茉莉花的梦境

走进茉莉花的梦境

我蹑手蹑脚

恐怕有一丝动静

碰落你洁白玉润的花瓣

走进茉莉花的梦境

我屏住呼吸

只怕有一声咳嗽

惊扰你清婉柔淑的静谧

走进茉莉花的梦境

我也想变成一朵茉莉花

即使写不成同样的诗

也力争做成同样的梦

2023年6月18日

悄悄话

风给小草
捎来几句悄悄话
小草静静地流泪
几滴露珠染湿了心扉

风给桃花
捎来几句悄悄话
桃花先是绯红脸颊
之后绽放出春的妩媚

风给小溪
捎来几句悄悄话
芦苇瑟瑟
协奏奔向远方的心曲

你给我
捎来几句悄悄话
我把它写成诗
递给春风

2023年6月20日

倾尽我的所有

我赞美和羡慕

南北朝陆凯

的谦逊与慷慨

聊赠一枝春

其实是倾尽了他的所有

而一贫如洗的我呢

夏天呢

秋天呢

冬天呢

白天和夜晚呢

如何安放我对你的日思夜念

我无奈而笨拙的

天天滴水穿石

把心灵小溪流淌出的文字

映在案头

刻于心底

尝试着汇进你的心田

就是倾尽我的所有

2023年6月27日

说好了的

小鸟和湖水说好了的
拉开朝霞的帷幕
挽着窈窕的芦苇
用美轮美奂
去编织今天的窗帘

雄鹰和蓝天说好了的
蓝天给雄鹰
一双明眸
雄鹰给蓝天
一双翅膀
雄鹰让蓝天展翅飞翔
蓝天让雄鹰生动盎然

桃花和春天说好了的
桃花在春天的枝头含苞待放
春天在桃花的腮红中默默含情
其实桃花和春天都很炽热
这簇拥和爬满栅栏的
既有桃花

也有春天

你和我说好了的
就从第一次相约的小溪出发
风霜雪雨
刀山火海
无非是铿锵的节奏
行进的标点
脚下就踏着一个目标
会当凌绝顶

2023年6月29日

一眨眼的事儿

太阳遇见月亮

一眨眼的事儿

草尖遇见露珠

一眨眼的事儿

我和你

从那条美丽的小溪走来

隔着三十多年的风风雨雨

回望深一脚浅一脚的足迹

一眨眼的事儿

2023年6月29日

我说如果

我说如果

我是蝌蚪

我必须依恋这村里的泥塘

我把我变成一只青蛙

去感受

孩子和大地

的欢欣与宠爱

我说如果

我是一朵花儿

我多想

有一只蜜蜂

最好是一群蜜蜂

拜倒在

我的石榴裙下

那肯定是一曲美妙的立体交响

我说如果

我就是一片云彩

天空和大地收留我吧

我既可以哭泣

也可以绽放

2023年7月4日

情书

一

脸红心跳蹦出来的文字
火辣触碰
你的
脸红心跳

二

全力拨动我的六弦琴
只待和鸣
你的心声

三

敞开心扉之门
拥你进来
悄悄关上

四

送你一群羔羊
静待
一个美丽的身影
踩着月光
顺着那熟悉的羊肠小道
走进我的毡房

2023年7月16日

眷恋

落红不是无情物
是落红
对根的眷恋

化作春泥更护花
更是落红
对前世的眷恋

前世
今生
在眷恋里生生不息
也在时光里轮回因果

2023年7月19日

那只蜻蜓

那只蜻蜓
早已立在我心荷的上头

早过
冰封沉寂的寒冬
梦的翅膀
在一粒蛰伏的种子里
鼓荡春风

那只蜻蜓
是一个方向
让尖尖角
和春天一同向上

2023年7月22日

两个黄鹂

蜜蜂

蜜蜂一波一波地
亲吻枣花
却在养蜂人脸上
酿成两个大大的酒窝

蝴蝶

你的纱裙
吸引着缕缕阳光
你的舞姿
炫动起丝丝夏风
有一对情侣在你眼神里
流连忘返

野兔

你一离开天宫
就奔向自己的诗和远方

任凭月亮多么深情地召唤

换身服装

入乡随俗

两个黄鹂

翠柳因你的鸣唱

愈发风韵

人们听到你俩美丽的嗓音

举头搜寻

那行白鹭

蜘蛛

一张巧妙的构思

让多少痴迷于梦幻的

追求者

不能自拔

鸭子

你敞开胸怀第一个去感知

河塘沟渠的体温

所有的花鸟草虫

所有大人和孩子们

恍然大悟

春

原来就在脚下

蚂蚁

队列齐整
训练有素
一个凝聚有序的团队
只要看到一个稍大的饭粒
就开始愚公移山

2023年7月27日

落叶（外一首）

落叶

眷恋
飘飘洒洒
依依不舍

拥抱
原来可以如此纵情豪放
怅
无边落木萧萧下

沧桑的心语
讲给大地
也讲给日思夜想的根

秋风

居高声自远
总感觉唐朝虞世南的心境
淡化了你的辛劳

那沉甸甸的枝头

却情深意长

乐道你和它的故事

随你而来的不只是果香

还有绽放在

2023年7月27日

风

风
夹杂着灰尘　沙尘
猛抽我的脸颊
像是仇人

左脸
然后是右脸
我
然后是别人

那一刻
我知道
所有人
都是风的仇人

2023 年 7 月 31 日

暮色

夕阳
缓缓关闭白天的大幕
忙碌了一天的人们
卸妆　吃饭　散步　睡觉
尽享暮色

还有一些人
正急急匆匆登场
暮色才是他们的粉墨

暮色是个魔术师
一手托着静稳
一手托着躁动

2023年8月3日

墙头草

再别埋怨
墙头草
随风倒了

夹缝里挤出来的
那幼嫩脆弱的生命
沾泥带水
才给了墙头一丝春意
给了小院一抹风景

风
只是凑个热闹
拂慰一下小草
让春天添了一些律动
多了一些婀娜

2023年8月6日

高粱

一地高粱
经不起秋风相劝
心已醉
脸赤红

这很像我
一杯酒下肚
就变成了一株高粱

每每端起酒杯
就端起了
高粱的前世今生
就端起了
一个炽烈硕大的秋

2023年8月6日

发表于2025年第1期《绿风》诗刊

秋日落叶

苹果　柿子　山里红
格外腼腆
一见丰满硕大的秋
立马涨红了脸

落叶
多情善思
还有一手绝妙书法
挥毫飘逸
洋洋洒洒
深情记录此时此刻

此刻
秋天的阳光正映照着
褶皱但又金灿灿的落叶
每一片落叶
恰似一张老农的脸

2023年8月13日

青岩古镇

想你的风

展开一幅古画

水墨丹青

相约青岩

古镇墙上的一行文字

解读着缘分

想你的还有这场秋雨

淅淅沥沥

穿过东边的日头

风和雨

肯定是从远处赶来的

这石板桥上

留下明代古色古韵的痕迹

古街　古巷

古寺　古戏楼

牌坊　青瓦

彩旗　石板路

苗族工匠皮肤黝黑

精心敲打擦拭着银器

祖传的手艺银光闪闪

苗族姑娘婀娜多姿

炫动着珠光宝气

青春在五光十色的头饰上飞扬

特色美食民族小吃紧揪着

黑眼睛　蓝眼睛

苗言苗剧苗族风

萦绕着黄皮肤　黑皮肤　白皮肤留恋的脚步

古老而又年轻的吆喝

能把你拽回几百年前的

金戈铁马

一声导游的招呼

让你回到这古镇的

鼎沸街头

秋风秋雨还在绘

这幅水墨

其实

你既在画中

也是画师

2023年8月15日

注：贵州青岩古镇的墙上有一句话，

　　"想你的风还是吹到了青岩"。

灯心

灯

黑夜里
眼睛在寻找一盏灯
灯
在炕头　在窗前
也在路上
寻着寻着
遇到了朝阳

路灯

城市的夜
是一部浩瀚的书籍
一行行路灯
是华美的书签

心

一辆重卡

轧过了一座桥
像一片乌云
轧过我平静的心

我的心
能承载乌云
也能承载天空

2023年8月16日

麦
口

腊月

雪花飞舞
寒风刺骨
腊月是一幅色调素雅的水墨

秋口麦口
年下二十八九
碾米磨面
杀猪宰羊
打豆腐
蒸年糕
贴春联
点鞭炮
大锅菜煮饺子
沸腾滚烫
烟火缭绕
给腊月浓妆淡抹

年味
挨家挨户弥漫

腊月
用自己的方式
悄悄唤醒柳梢
加快着崭新的脚步

2023年8月28日

锁

锁住门
未必锁得住心
像鸟笼能锁住翅膀
锁不住飞翔

能锁住人
却锁不住同一床上
不一样的梦

2023年9月3日

心情

乌云密布

心情也往往跟着低落

一旦太阳露出笑脸

心情也跳跃

灿烂

我知道

我曾是一株

麦苗

敏感于世事变迁

遭遇冬雪

喜逢春雨

冬眠

返青

一直攀升到青黄不接的麦口

心情

时有阴晴圆缺

以人的思维

和人共生

2023年9月7日

一轮明月

夜漆黑

淹没了我的孤独

泪水簌簌

落在脸上

砸在地上

像凄冷的雨

一丝星光

蓦然映在额头

映在眼睑

还映在我的泪珠上

抬头看看星空

心中升起一轮明月

2023年10月10日

雪

一

从未想过
还有另一种心事
白
就是全部

二

轻轻
再轻轻
凝神倾听
隔着春天
我只是扣门声

三

会有一个人
引领好多人
就像

漫天飞舞的

心事

无处安放

2023年10月12日

静坐

黑蒙蒙的山头

忽明忽暗的火

在更黑处

岩石沉默

忽高忽低的犬吠

咬住月亮的耳朵

夜被一压再压

掉进万丈沟壑

那么多心事

在旱烟锅里噼噼啪啪

满腹心事的村庄

黑夜竟然如此辽阔

2023年10月12日

发表于2024年第10期《四川作家》

我为环卫工人歌唱

——为邢台市设立"环卫工人日"而作

曙光为你歌唱
给城市披一袭霓裳
晚霞为你歌唱
彩云把一座城点亮

是你
和晚霞曙光为伴
辉映出那一抹橘黄
是你
遍布大街小巷
在光阴的深处奔忙

从一把扫帚
一辆推车
到机扫湿扫
以克论净
从春雨　夏风　秋霜　冬雪
到春节　五一　十一　周末

市民的休闲
恰是你最最忙碌的战场

你是
城市的画师
没有人比你更懂得
四季的风光
素描　皴染
一撇一捺
一横一竖
一点一滴
你用朴素的审美
把城市装点的更美更靓

小鸟为春天歌唱
泉水为绿色歌唱
我为最美的环卫工人歌唱

发表于2023年11月7日《邢台日报》副刊"百泉诗行"

烟头

锦簇的

花园里

一男一女

抽烟

男人抽完

踩灭了烟头

女人

也扔下

踩灭

漆黑的花园

又多了两个烟头

2023年12月12日

品茶

窗前一杯茶
映出了
日出日落

浓香　紫黑
微馨　淡红
终将淡而无味

星光下
夫人劝我换一杯吧
我没吱声
只是续水
咂嘴

心中
省略了半句话
平淡
是任凭谁
也劝不来的

2023年12月12日

记忆里的那片油菜花

小时候的油菜花
是父辈
沉甸甸香喷喷的记忆

长大后的油菜花
定格在我
最最难忘的相思里

现在的油菜花啊
铺满金黄金黄的故事
蜜蜂飞来飞去
游人游来游去

我找我
你找你

2024年2月8日

春天的乐章

早春

柳芽
多像睡眼惺忪的孩子
春风多像妈妈纤细的手
最是那温柔的轻拂
早春吐露嫩黄
笑容染在额头

仲春

鸟巢托起蓝天
翠柳舞动白云
燕子
是春天的音符
泉水叮咚
弹奏仲春的旋律

暮春

大地是农民的画案

也是舞台

春雨是多情的画笔

也是五线谱

农民是画家

也是乐手

春耕

是在挥毫泼墨

也是在奏响丰收的序曲

发表于2024年3月13日《邢台日报》副刊"百泉诗行"

春之韵

春天

恰似如梦初醒的少年
又如蓬勃昂扬的青年
踩着一年之计的强劲节拍
炫出五彩缤纷的律动

胎记

鸟巢是绿树的胎记
绿树是山野的胎记
葱郁的山野
是广袤大地的胎记

胎记
总是让母亲牵挂
让时代刻骨铭心

百泉的足迹

百泉曾经干涸
像那个年代挤干的泪眼
泉水再度复涌
汩汩流淌出那久违的记忆

其实百泉就是一部史书
任读者翻看和查阅
走过的足迹

发表于2024年4月2日《邢台日报》副刊"百泉诗行"

春天的模样

嫩绿是春天的模样

扭着杨柳婀娜的身姿

金黄是春天的模样

摇曳着油菜花的梦想

绯红是春天的模样

桃花犹抱琵琶

却吻醉春风的脸庞

春天的模样姹紫嫣红

千娇百媚

鸟鸣声声

溪流潺潺

泉水叮咚

春雨绵绵

也都描绘装扮着春天的模样

春天的模样远不止这些

在脚下

在路上

工农商学兵

三百六十行

嘎嘣清脆的鼓点

紧凑绚丽的节拍

才真正擂响了春天的模样

2024年4月9日

一片落叶

苏轼说

春江水暖鸭先知

而我说

一片落叶

能感知秋的脉搏

能洞察秋的风吹草动

2024年4月26日

那弯月亮

月亮

悄悄转过身去

像你蒙住一脸的羞涩

月亮有时

也脉脉含情

像你那双会说话的眼睛

默默凝视你

心中升明月

2024年5月20日

静

一只鸟轻轻飞过的身影
一棵树姗姗晃动的神情
一根银针落地的声音
一条小溪缓缓地流动
茫茫海边
忽明忽暗的点点渔火

抑或是
我平躺在沙发上
滴答滴答
犹如一首小诗触动的心跳

2024年5月25日

红叶（外二首）

红叶

秋天威猛
吻红了你的脖颈　面颊
秋风知趣
摇曳着满山遍野的浓烈
述说起香艳往事

一叶落

落叶知秋
也知山知水
知恩图报
落地瞬间
似在倾听
稻花香里的那片蛙声

远方的背影

背影

也是剪影

泪雨倾盆

剪不断离愁

背影

也是感叹号

再聚首

雨过知晴

发表于2024年10月4日《邢台日报》副刊"百泉诗行"

野花

犁地的老牛
翩翩飞舞的蝴蝶
携手拉腕踩踏而过
的俊男靓女

地头路边
野花的存在
似乎完全可以忽略
而野花默不作声
依旧绽放
好像压根也没注意
那些过客

2024年10月6日

第 三 辑

走过的足迹

沉淀

沉淀

把自己关进山村幽静的小屋

就像把鸟儿关进笼子

小住几日

谢绝访客

也谢绝高山流水和山风的滋扰

关掉手机

也关掉所有的繁华喧闹

与几本诗书相伴

与几棵花草为伍

撷一缕朝霞和月光

铺在案头

把心静静地安放在一杯绿茶里

茶于水中的沉浮

恰似我的人生

不妨沉淀一下

再品

准能品出不一样的人生味道

2023年4月19日

选择

桃花含笑

喜迎习习春风

黄鹂鸣唱

感动丝丝翠柳

溪流淙淙

依恋星罗棋布的河湖

江河狂飙

拥抱波涛汹涌的大海

人生

也有太多太多的

路口

向左或者向右

向前或者向后

你选择了这条夜路的孤寂

就不怕错过

别人眼中的灯火阑珊

奔波于自己的人生之路

风雨兼程

就是我领略的风景

2023年4月25日

路标

冷不冷带衣裳
饿不饿带上囊
大包小包的衣服和食物
其实也是牧民的驼峰

在沙漠里跋涉
是深一脚浅一脚的原始写真

牧民的脚印
骆驼的脚印
与阳光和月色叠加
只为点亮心中的远方
一条条深浅不一的生命线
一头系着牵挂
一头连着遥望

踩出一个方向
留下一串路标

2023年4月28日

发表于2025年第1期《绿风》诗刊

走过的足迹

五十多年走过的足迹

能装订成厚厚的一本书

不

应该是一部或几部

偶尔翻看

有些标点模糊

还有错字　别字

病句

甚至一些篇章

歪歪扭扭

丢三落四

这些文字时常伴着星光

映上眉头沸腾心头

把夜的思绪拉得悠长

清晨

披着又一缕朝霞

踩着无情岁月

大步流星里多了些小心翼翼

哪怕是

一撇一捺也要走好

扭头翻阅

看

是否多了些有味诗书

2023年5月3日

发黄的自己

打开柜子
解开一摞一摞
捆绑的日记
也就打开了
发黄的自己

几十年的足迹
黏连潮湿
偶有蛀虫肆虐
残缺了许多不该忘记的过去

今天正午
我大声诵读了其中一页
那些文字
陆续被一缕阳光穿越
就像是在检验岁月的真诚

2023年5月4日

我愿住进沙漠里

我愿住进沙漠里
融入
大漠孤烟直

我愿住进沙漠里
屏蔽所有的手机铃声
和花花绿绿的人间嘈杂
追寻一行行驼铃足迹

我愿住进沙漠里
最好变成一粒粒沙子
静待牧民的脚步
为他金灿灿的诗和远方奠基

2023年5月10日

五彩滩（外五首）

五彩滩

一如五彩人生
每个人都能从中
找到自己的缩影

胡杨

大漠血性
在倔强中
屹立成自己的千年风骨

火焰山

吴承恩的法术
曾让唐僧师徒一筹莫展
又让多少人流连忘返

魔鬼城

找遍旮旮旯旯
也寻不到一个魔鬼的影子

游客只好

凝视人间

香妃墓

一段美丽的传说

也只能

淹没于茫茫荒漠

禾木

倾国倾城

天姿国色

不

就是再绝美的词句

再顶级的美术师

都束手无策

苍白无力

摄像机

照相机

才是最好的画家

不绝于耳的"咔哒咔哒"声

才是最靓丽的赞誉

2023年5月22日

马仑草原

在马仑草原

一匹马也没看到

一群黄牛却踩着七月

清澈而流动的蓝天白云

有的有滋有味地咀嚼

有的你追我赶撒欢儿

有的闭目养神

有的若有所思

有的被动的给游客当裸体模特

一拨一拨的游人涌来

有的跳过插在牛粪上的鲜花

有的奔跑追风

有的搔首弄姿

有的摄像机咔咔直响

红裙子　蓝衬衣

大脚印和小脚丫

都在躁动和点燃草原

而牛依旧

就做自己

这牛俨然是草原的主人
送走晚霞
迎来日出
踩着太阳的节奏

2023年5月24日

开都河畔的遐想

流沙河
不知什么时候改名
叫了开都河

当年
远离家园的沙僧
跟着唐僧西天取经
历经磨难
终成正果

开都河
也修成了正果
像它当年的主人沙僧一样
有所皈依
千百年来
普渡着沿岸的芸芸众生

2023年5月26日

新罗布人村寨

胡杨昂首

红柳葱郁

罗布麻星罗棋布

从赤橙红绿到苍天一色

盐碱地是一幅斑斓的油画

一群群黄羊飞掠

时有沙漠野兔狂奔

蒹葭丛中百鸟欢鸣

塔里木河鱼翔浅底

不稼不穑

不狩不猎

千百年来沿河而居

打鱼为生的罗布人

已经把自己的远古

挂在自家庭院

挂在博物馆里

也曾遭遇河水断流

也曾遭遇沙漠侵袭

罗布人总是在探寻
自己的诗和远方

胡杨根雕古朴而传神
红柳烤肉
滋滋流油升腾着烟火气
品一口罗布麻茶
斟一碗罗布麻酒
拌一杯罗布麻蜂蜜
敷上罗布麻面膜
古丽的罗布麻长裙洒脱飘逸
敲击键盘　抖音直播
罗布人线上线下
打理着自己
红红火火的日子

沿着塔里木河
寻找罗布人的足迹
祖祖辈辈的土房子呢
美丽庭院　花园洋房
收藏起他们的记忆

2023年5月31日

偶思

泪水

大笑
痛哭
都能让这世界
瞬间决堤

枕头

给酣睡入眠者
一个温馨的港湾
给辗转反侧者
一个澎湃撞击的暗礁

扫帚

一把扫帚
本不属于停靠的墙角
如果
从一屋开始

就可以用自己的方式

对话

室内

院子

街道

乃至天下

2023年6月8日

我感恩我的名字

我感恩
我的名字
我的名字
是父母
小心翼翼贴给我的胎记

我感恩
我的名字
我的名字
一个月亮昼夜不停地
绕着三个太阳

我感恩
我的名字
我的名字里的方向
注定要把我的血汗
洒在祖国
曾经最干旱最困苦的
——新疆若羌

麦口

多次走过塔克拉玛干沙漠和楼兰古城

大漠孤烟

悄悄告诉我

第二故乡早已容光焕发

而我崭新的胎记

正在我的名字里形成

2023年6月18日

酒又说

举起我
你说
酒逢知己千杯少
举起我
他说
举杯消愁愁更愁

我本静稳醇厚
也沸腾悠长
我就是我
你未必是你
你既然举起了我
也就举起我的命运与口碑
随你评说

2023年6月26日

走进书山

麦口

书山酷似一部厚厚的书

走进书山

就是走进一部经典

在行万里路中

翻阅万卷书的又一名篇

走进书山

自己恰似一枚书签

勤为径

苦作舟

越过崎岖　翻看山巅

走进书山

俯视万丈沟壑

仰望入云峰峦

收集身后的足迹

装订起来就是一部部厚重的书

也能汇成一座书山

2023年6月30日

注：书山，位于邢台市信都区。

跟着诗仙去修行

昨夜诗仙入梦
召我修行
脱掉凡服
沐浴更衣
我一路狂飙

耳边西风呼啸凋碧树
引我独上高楼
望尽天涯路

路漫漫其修远兮
圣殿何在
诗仙何方

拾级而上
云雾飘渺李白也飘渺
仙风道骨　讲诗论道
男女万众　各色人等
人声嘈杂　似听非听

为伊消得人憔悴
感恩诗仙度我
衣带渐宽终不悔
感悟永无穷期

麦
口

危楼百尺
伸手可摘星辰
一声断喝
诗仙也能惊魂

梦里的星辰消散
捧着的《李白传》正照亮一颗诗心

灯光微弱　手捧长卷
踏着李白足迹
寻觅诗道
灯火阑珊中我一路前行

诗仙原本不在天上
一会儿在烟火升腾中
与三五挚友豪饮
不使金樽空对月

一会儿游走于名山大川
豪情随飞流直下三千尺

一会儿奔波于市井街巷
我宿五松下
寂寥无所欢

2023年7月1日

相遇黄鹤楼

月夜江船上

凝视黄鹤楼

李白故人西辞

崔颢吊古怀乡

白居易

醉来醒去

一幕幕一行行

直入眼眸

江自流

楼未动

船在走

酒正酣

对饮

都邀明月

十年相聚又分手

每一杯酒

都映白发

每一杯酒

都高过黄鹤楼

在明月的江上
纵情
在诗人的楼前
沉默
相遇黄鹤楼
是为了送别
那彼此的相逢
是为了什么

2023年7月2日

夜游瘦西湖

原以为瘦西湖
天生丽质
瘦得天然

后来以为
是清朝诗人汪沆
让一湖水瘦出了诗意

今夜
才发现
是如织的人潮
挤瘦了一处盛景

2023年7月8日

十里桃花溪

十里桃花溪

飞瀑和溪水是天然的画笔

金鱼嬉戏

鸟鸣潺潺

尽收五彩画案

十里长卷　十里画廊

十里桃花溪

飞瀑倾泻　气势如虹

桃花溪婉转优雅

协奏　融合　混搭

民族风　西洋乐

歌伴舞　摇滚范儿

高亢　低回

激荡　平缓

十里桃花溪

十里音乐和舞蹈的殿堂

十里桃花溪

更是一首律动的长诗

起承转合醉在心头

千回百转进江入海

直至

奔涌成绝美的

灵秀篇章

2023年7月10日

注：被誉为"华中九寨沟，中原第一溪"的桃花溪，
下自"桃花潭"，上自"桃花瀑"，长约5千米。位
于湖北省黄冈市英山县境内。

白杨的眼睛

太行深处

溪流岸边

我和一棵白杨偶遇

眼睛和眼睛静静凝视

白杨的眼睛

恰如一面穿越前世今生的镜子

愤怒的眼睛

喜悦的眼睛

流泪的眼睛总有些许伤感

欢欣的眼睛竟眯成一条美缝

还有那浓眉大眼

闪闪烁烁会说话的眼睛

白杨的眼睛犀利而深邃

她和我

几十年的风雨喜怒

尽现其中

分手时

我的心中装满了白杨的眼睛

我知道

她会为每一位凝视过的人

送行

2023年7月11日

那些奇石

在太行山　燕山　天山

昆仑山　阿尔金山

山巅沟壑　崎岖小路

小溪旁　戈壁滩

风里雨中

捡拾的每一块奇石

都像我精心领养的孩子

我用每一次美丽的邂逅

为他们命名

或在晨曦里

或在灯光下

我时常与那些奇石一一促膝

像翻阅一段段陈年旧事

像与一座座山川真心交流

而奇石总是沉默无言

深埋心事

如果沉默也是一种语言

我必须向那些石头学习

亿万年的光阴里

我只是他们的一个过客

而他们终将

用这样的方式把自己的故事

讲给未来

2023年7月13日

镜鉴

1400多年前
一个人
手持铜镜
既正自己
也正百官的衣冠

明察秋毫
从谏如流
这个人
以人为镜
明辨天下得失成败

透过幽远的历史之镜
我们还看到一幕
历史大剧
剧名
贞观之治
主演
唐太宗

而他的后人

有的高高举起三面镜子

烁烁其光

有的亲手

摔坏三面镜子

砸碎

自己的家国

2023年7月13日

一杆烟枪

180年前

桌旁　炕头　床上

烟雾弥漫

肆虐笼罩

一杆烟枪

抽瘦了一个泱泱大国

一杆烟枪

引爆了一场战争

一杆烟枪

压弯了成千上万的肋骨

禁烟　缴烟　销烟

林则徐试图用一场大火

唤醒昏昏沉沉　东倒西歪

的烟民

一场战争

侵略与抵抗

屈辱与失败

交织的狼烟烽火

灼烧着一个民族的内心的痛

那杆烟枪的朝代

已魂飞魄散

可一部近代史的伤口

滴血流泪

打开惨痛的章节

2023年7月17日

长城随想

烽火狼烟

在长城之上镌刻着一段

沧桑的历史

长城垛口

炯炯凝视　依然瞭望

金戈铁马

气吞万里如虎

攻与守

战与防

都凝固成这浑厚的悲壮

漫步城墙

一块块青砖

就是一首首一篇篇

可歌可泣的史诗华章

历尽千年

依旧

在低吟

在诉说

在壮怀激烈
在长风中久久沉思激荡

2023年7月26日

那拉提草原（外二首）

那拉提草原

那拉提草原和朝阳一同醒来
几匹骆驼睁了睁惺忪的眼在窃窃私语
牧羊犬跳动着撒欢儿
围着地上的片片白云打转
其实羊群就是灵动的诗行
绽放在一个巴郎子的心间

远处
有一朵古丽
盛开在马背峰峦时而举起
又时而落下的皮鞭
起伏着炫美的色彩
也起伏着急促的嘶喊
一起呼啸而来的还有
马铃声声由远渐近
一个火辣辣的拥抱
瞬间点燃了巴郎子和古丽的
五彩草原

载不动

春意太浓
我怕桃树枝头的花蕾
载不动
翠柳　小草
溪水　春风
满眼的新绿和着鸟鸣一起帮衬

秋意太浓
我怕压弯腰的苹果树枝载不动
柿子　核桃
玉米　大豆
山川挽着平原
张开五彩的臂膀宽厚地接着

对你的爱太浓
我只好夜夜写诗给你
月亮也分担一些
我怕我的心载不动

自己和自己对话

小时候走夜路
总感觉后边有鬼的脚步声
跟着大人
也挤在前头
把头缩进脖子

大人却说

说实话　鬼不怕

这些年

时常一个人在夜路上找寻

那久违的宁静

就留下一个月亮和几颗星星

连稀疏的狗吠

蟋蟀的低鸣

最好也没有

自己和自己对话

自己对自己坦诚

自己和自己对话

更需要勇气

更需要眼睛和眼睛对视

不能游离

自己眼睛里有

一幕幕真实的电影

鲜花　　掌声

坎坷　　泥泞

荆棘　　从容

春雨　　夏风

秋月　　冬雪

还有毛骨悚然

一身冷汗

战战兢兢

自己和自己对话

也能静稳若水

也能热血沸腾

也能涕泪双流

也能面红耳赤

也能悲喜交加

自己和自己对话

更需要一丝不挂

你就是想披一层薄纱

那可也得小心

发表于2023年7月《当代人》

摆渡生命

汛情就是命令

抗洪就是责任

命令

总是瞬间聚集

军旗　军徽　军装

责任

总是召之即来

军车　橡皮艇　冲锋舟

一位待产的孕妇

靠一副疾驰如飞的担架

翻过崎岖山路

垮塌桥涵

在乡镇卫生院产房里

迎来了新的生命

孩子的父亲脱口而出

"军生　军生"

是解放军给了孩子生命

那是谁家的爷爷奶奶

那是谁家的留守儿童

那是每一位战士的亲人

因为人民军队也叫人民子弟兵

在洪水里摆渡生命

在冲锋舟里冲锋陷阵

在图书室　音乐室　活动室

在首批安置点上缔造港湾

路通了　电来了

网畅了　饭有了

水退了　民安了

解放军

又出发了

发表于2023年8月14日《解放军报》长征副刊"风雅颂"专栏

台阶（外四首）

台阶

抬高
或跌落
人生在此轮回

窗户

开
风景在外面
关
风景在心里

书桌

给书一方天地
给人另一方天地

床

区区尺寸地
也载得动
分量十足的梦

鞋子

昨天沾满的足迹
在
又一轮朝霞里
叠加

2023年8月21日

日子

小和尚
早晨挑10担水
把20个太阳倒进水缸

晚上挑10担水
把20个月亮倒进水缸

日子
踩着晨钟暮鼓
汗津津地湿透了罗汉鞋

2023年8月22日

发表于2025年第1期《绿风》诗刊

魔术

东边日出西边雨
是天空变给我们的魔术

道是无情却有情
是刘禹锡变给我们的魔术

所有的魔术
都是假的
让我们眼花缭乱
神魂颠倒
但乐此不疲

所有的魔术
也都是真的
我们总是在亦真亦幻中
流连忘返
陶醉痴迷

2023年8月27日

西江千户苗寨感赋

2023年8月29日上午，我率市政协人资环委、教科卫及部分市政协委员赴贵州黔东南州雷山县西江千户苗寨，考察旅游景区数字化、标准化、规范化建设。

美人靠

歌声

心语

靠

木楼上的美少女

木楼下的帅小伙

眉来眼去

苗寨　山坡

竹林　小溪

"游方""摇马郎"

也就几个来回

有一个美丽的传说

紧紧偎依

注：美人靠，是苗族苗寨木楼上的建筑装饰。

长桌宴

酸汤菜　酸菜鱼
鼓藏肉　鸡稀饭
摆满了苗寨家家户户
拥挤的长桌
宴请宾客
也款待自己
高山流水顺着芦笙的
悠扬
绕着你
绕着我
情深意长

2023年8月29日

坐电梯

梯门敞开

脚步踏入

也就锁定自己的目标

正数与负数

在上与下的选择中

行进或徘徊

数字

是梯层的符号

也是一段自我的标记

或等待　或恰好

或拥挤　或空荡

匆匆脚步和电梯上下

总能

在某一个时间段重合

随正数跃升

去往一个心中的高度

沉入负数的地库

也是在找寻另一个出口

2023年8月31日

不吃老鼠的猫

皮包骨头饿肚子的年代
猫的肚子也叽里咕噜
老鼠是天然的美食
总是逃不过猫的火眼金睛
猫比人幸运得多

后来
猫也在不断挑食
从鸡鸭鱼肉
到专用猫粮
猫在灯红酒绿
杯光斛影中挑三拣四
看来老鼠压根真不好吃

而老鼠却如沐春风
时常在猫面前大摇大摆
如入无猫之境
有时猫还与老鼠结伴同行
像一对孪生兄弟
肥头大耳

其乐无穷

所谓天敌
已经分不出猫和老鼠
我的思绪还在
一个吃字上徘徊

2023年9月9日

一拜再拜

菩萨端坐

供桌丰盛

香火缭绕

香客们跪下

连同掏心掏肺的知心话

高高举过头顶

默念有求必应

而菩萨

未点头

未摇头

更不开口

只是慈祥地静观

香客们

一来再来

未了心愿

还需诚心加持

如愿以偿

自然许愿还愿

一个愿字

让人一拜再拜

2023年9月24日

最忆是杭州

最忆是杭州
宸宸　琮琮　莲莲
热情呼唤古老而又青春的
江南忆
承载亚运健儿
更快更高更强的期盼

最忆是杭州
亚运火种
在手与手之间
生生不息
在亚运数字火炬手之间
全球传递
只为点亮
心与心联通的人类文明共同体

最忆是杭州
亚洲体育健儿
逐梦杭州　共享绿色
携手智能　崇尚节俭

共筑文明

亚运理念

伴随着升起的国旗

高唱的国歌

荡漾在西子湖畔

最忆是杭州

一场体育盛会

给亚洲

打开中国的窗口

给世界

展开一幅新时代的壮美画卷

发表于2023年10月4日

《解放军报》亚运专刊"相约西子湖畔"

太行秋韵

太行山最绿的地方

春种

夏管

秋收

农民奔忙

硕果飘香

七彩画卷

还有绽放于枝头的欢声笑语

一不留神

就被这巍巍太行收藏

太行山最绿的地方

春雨

夏风

秋实

一粒粟

栉风沐雨

万颗籽

闪烁其光

挥汗于山巅沟壑的农民

一不留神

自己也进入绚美篇章

太行山最绿的地方

山高

水长

泉涌

网红桥　古村落

云梯田　石磨坊

摄像机　照相机

还有那写生的小伙姑娘

车挨着车

头碰着头

一不留神

把朵朵白云挤到蓝天之上

发表于2023年10月13日《邢台日报》副刊"百泉诗行"

醉美太行（外一首）

醉美太行

太行山的秋天

度数高

醇度浓

满树红灯笼般的柿子醉了

满树孩子脸般的苹果醉了

满树绽开笑容的石榴醉了

一片片龇牙的玉米醉了

一片片羞弯了头的谷子醉了

一片片涨红脸的高粱醉了

瀑布醉了

洒脱飘逸

小溪醉了

叮咚弹奏

泉水醉了

与百鸟鸣和

忙活了一年的村民

山里山外的游客

纷纷举起酒杯

不仅能把自己灌醉

朝阳和夕阳好像也醉了

秋的交响

秋风是出色的指挥

农民是专业的乐手

梯田是参差错落的琴弦

飞瀑溪流是灵动的吟唱

果园田园

是斑斓芬芳的乐章

从春天走来的秋天

在演绎一场盛大的立体交响

发表于2023年10月31日《邢台日报》副刊"百泉诗行"

梵净山

溪流是净的

6600 步台阶是净的

原始古木是净的

上千种中草药是净的

黔金丝猴是净的

万米睡佛是净的

蘑菇石是净的

红云金顶是净的

蓝天是净的

白云是净的

承恩寺的梵音

更是净的

2023年11月21日

发表于2024年第10期《四川作家》

拾荒老人

人们肯定忽略了什么

总被一些

有心人

打捞

拾荒老人

就在放大那些细节

背街小巷

犄角旮旯

垃圾桶

都被寻常的生活映照

尽管

他的脚步踉踉跄跄

而每一次低头

都胜过

庙堂上的礼拜

有时

也自然不自然地

唉声叹气

发现这些的细节的人

只是少数

也不会上前

和他攀谈

2024年3月18日

人生足矣

说起过去
像小时候留给我后脑勺的小辫
说起过去
像小时候揪着我小辫
母亲掉着眼泪打下来的巴掌

过去忘不了
现在记不住

记住
小辫和巴掌
人生足矣

2024年3月20日

脸

孩子的脸
六月的天

刚还阳光灿烂
转眼狂风暴雨
孩子的戏法再快
依然玻璃一样通透

大人的脸
少了阴晴圆缺
纵使放大镜下
还是
看不懂
读不透

不由得让你
徒生感叹
大人的脸
是几月的天呢

2024年5月9日

修行

面朝黄土背朝天

农民

在田间地头修行

踩着幽远的驼铃声声

牧民

在草原修行

相伴晨钟暮鼓

僧侣

在一声声佛号里修行

如同三教九流的修行者

我也在修行

只因

痴迷于文字

景仰于诗神

用一张纸

一支笔

或者一副电脑键盘

把心里流淌喷涌的文字

幻化成美丽的意象
像一位石匠
选石　刻石
精细打磨雕琢
恭迎一尊神圣的石佛驾临
请来

然后跪下

2024年6月6日

酒

诗经里的酒

在风雅颂里飘香

苏轼的酒

在明月几时有里追问

刘邦的酒

在剑锋上闪烁其光

曹操的酒

在人生几何

对酒当歌中激荡

李白的酒

在佳作名篇里纵情奔放

我是平民

要么

酒灌醉我

要么

我灌醉酒

2024年6月12日

一双脚

从家门到地头
爷爷一双脚
走了一辈子
很多的草
骑着乌鸦叫

后来是父亲
草上还有爷爷的体温
再后来就是我了

田埂上
野菊花黄得响亮
三十年了
我再踩
草发出尖叫

儿子的小脚丫
好像两只翅膀
草腥味　　露珠

再远的地方
也是大地
和它的胸膛

2024年6月16日

发表于2024年第10期《四川作家》

在草原

在草原

太多的小草被我踩压

有的被踩蹦出了汁液

它们却没有喊痛

依然在匍匐中挺起枝叶

这多像茫茫人海中

我也被相知的　偶遇的踩过

流过血

依然在自我的疗治中

一路前行

2024年6月17日

发表于2024年9月《当代诗选》

稻草人

给你身子
不一定给你灵魂

稻草人不吃不喝
在田野低眉
一垄一畦的大地
一茬一茬的人
阴影下
激荡的汗水
在等风吹

2024年6月21日
发表于2024年第10期《四川作家》

影子

影子
总是从
万物的脚下长出
并和万物
紧紧偎依

影子与光
相生相伴
那些阳光　月光　灯光
统领着所有的光
朗照大千世界
也催生出影子的一片光阴

光
用自己证明自己
影子
用自己来证明光和万物

2024年6月26日

较劲

动物园里

铁笼子磨平了

东北虎

美洲狮

金钱豹的棱角与个性

对视与呼喊

成了我与猛兽

最较劲的互动

野生动物园里

我被困在了笼子

东北虎

美洲狮

金钱豹才是这园子

洒脱的主人

它们变着法子与

孤苦伶仃的我较劲

2024年7月1日

老张

退休了

栽几棵银杏树

心需要乘凉

后来他义务理发

来的人说：手艺好

老张张张嘴

笑到两颊的时候

秋风一阵嘶吼

黄色落叶

打疼他入冬的额头

2024年7月28日

发表于2024年第10期《四川作家》

慢

你不能说

高速的时代

就不需要慢

大包小包

手提肩扛的人流

就压得绿皮火车慢慢腾腾

有时候

给一个农民工一点时间

越是归心似箭

越需要慢

蹲在厕所

慢慢清点牛皮纸包裹里

一年积攒的汗水

而大包小包

里的

孩子的几袋奶粉

媳妇的一件衣服
老娘的一副护膝
老父亲的两瓶白酒
他们打开时
也一定更慢

发表于2024年第7期《诗选刊》

麦
口

你不能小看

你不能小看
一条小狗
和孤寡的老李
黄土不断上涨

荒草抱着春天
秋天的草芥
只要几声犬吠
就被月光洗净

2024年8月8日

发表于2024年第10期《四川作家》

几只麻雀

几只麻雀
飞过残垣断壁
在大圆圈里的"拆"字旁
徘徊

这是一片
普通的棚户区

喊声　砸声　推声　搡声
声浪推开麻雀的翅膀
似乎在拒绝
任何亲近

一个个"拆"字瞬间倾倒
溅起狼烟
几只麻雀仓惶逃命

刚孵出的小麻雀
在尘烟中隐现
那些踉跄的脚步和倾斜的翅膀

没什么两样

远处两年多还没动工的塔吊

倒是岿然不动

几只麻雀

正在艰难地

选择

2024年10月12日

一头老驴

一头老驴

蒙着眼罩

低头拉磨

踩着自己的足迹

循环往复

磨米磨面

也磨阳光

磨月色

磨自己的生命

驴突然停下来那天那刻

农夫和驴对视

驴的眼睛里竟杀气升腾

2024年10月15日

这条河啊

这条河里漂浮着蓝天白云
这条河里伫立着两岸青山
这条河里翱翔着展翅雄鹰
这条河里还有我凝望山巅

捧一捧水喝啊
我手上
就流淌出一条河

2024年10月16日

风没舍得走（外一首）

风没舍得走

风陪我穿越戈壁
风陪我跋涉沙漠
风陪我寒来暑往
三年援疆

机场一别
我又回到故乡
而风没舍得走
留在那里陪伴胡杨

口信

燕子给北方捎来口信
说春天来了
山花在笑

石榴给亲友捎来口信
说中秋来了

月亮圆了

我给母亲捎来口信
说春节回去
万里之外
我仿佛看到
白发苍苍的母亲

2024年10月17日

人生处处有"麦口"（后记）

　　2023年11月，是我人生的一个"麦口"。我出版了自己的第一本诗集《点亮的岁月》，也算完成了多年的夙愿。在此前后，还相继加入了"中国诗歌学会"和"中国自然资源作家协会"。在筹备出版第一本诗集的同时，我一发而不可收，开始酝酿第二本诗集。第一本诗集刚刚出版，第二本诗集的初稿又摆到了案头。关于诗集的名字，思索再三，还是定名《麦口》为妥。

　　《麦口》共收录我近一年创作的150余首诗歌。分为三个部分，第一辑《喊回的童年》，第二辑《踩出的春意》，第三辑《走过的足迹》。诗集名字和其中的三个部分分别是其中一首诗的名字。

　　人生处处有"麦口"，作为农家孩子，对"麦口"有着天然的亲切，老母亲"秋口麦口，年下二十八九"的絮叨记忆犹新。多少个麦口，我和父母一起忙碌在田间地头。15岁由初中考上中师算是我学业中的一个"麦口"。在那个中专热的年代，考上中师就意味着吃上了"商品粮"捧上了"铁饭碗"。三年后参加工作，成为一名中学教师，应该算是我走上工作岗位的一个"麦口"。从教师岗位步入党政机关，又算是我人生转折的一个"麦口"。从县直机关再到乡镇，又是我从政经历的一个"麦口"。由乡镇党委书记到新疆若羌援疆，从科级岗位到副处级岗位，从华北平原到西北大漠，又是我人生难忘的一个"麦口"。三年援疆路，一生家国情。后回内地工作，5个县市区加上市直单位，不同岗位，不同职位，都是我人生转折的"麦口"。这其中有走出沼泽的欣喜与释然，有历经风雨之后的彩虹与辽阔。亲情乡情故土情他乡情，魂牵梦绕；风声雨声读书声，声声朗朗。

在人生的不同"麦口"，文学作为我如影随形不离不弃的唯一挚爱，伴我一路前行。38年前，我在邢台师范学校做广播社编辑，在《邢台晨报》发表了第一首诗歌。此后，还陆续发表过一些小小说、散文、评论等各类文学作品。文学不仅充实了我的业余生活，也增强了我战胜一切艰难险阻的信心和勇气。毛主席的"孩儿立志出乡关，学不成名誓不还。埋骨何须桑梓地，人生无处不青山"奠定了我勤学善思、发奋努力的思想基础。唐代边塞诗人王昌龄的"黄沙百战穿金甲，不破**楼兰终不还"激励我战胜了在大漠三年常人难以忍受的恶劣自然环境**之苦。我所工作的县多是贫困县，我和广大干部秉持"事了拂衣去，深藏身与名"的奉献精神逐梦基层，怀着"仰天大笑出门去，我辈岂是蓬蒿人"的自强自信，带着"大鹏一日同风起，扶摇直上九万里"的凌云壮志，投身于脱贫攻坚工作，打赢了脱贫攻坚战。看到更多农民过上小康和富裕生活的笑脸是我最大的欣慰。

《麦口》即将出版，承蒙文学大家、河北文坛"三驾马车"之一的河北省作协主席关仁山老师为我作序，对此鼓励与鞭策，不胜感激，更当奋进。著名诗人、词作家、策划人古柳老师，著名诗人、资深编辑左建协老师给予真诚指导，致敬鸣谢！河北丹木文化传播有限公司做了大量基础工作，一并致谢！

《麦口》或许有不妥之处，期待读者能够批评指正，不吝赐教。

这本《麦口》于我而言又是自身文学创作的新"麦口"。

麦口很小，小到就那么几天，就在那田间地头。麦口也很大，大到民以食为天，大到十万火急、关键至要的人生当口。我一生经历过很多"麦口"，不敢有丝毫懈怠，岂能尽如人意，但愿无愧于心……

韩明智

2025年3月16日于三阳书屋